万国儿童文学经典文库

艾博的把戏

[约旦]佚名 著　崔小兰 编译

吉林出版集团有限责任公司　全国百佳图书出版单位

图书在版编目（CIP）数据

艾博的把戏 / （约旦）佚名著；崔小兰编译. -- 长春：
吉林出版集团有限责任公司，2014.12
（万国儿童文学经典文库）
ISBN 978-7-5534-7156-3

Ⅰ．①艾… Ⅱ．①佚… ②崔… Ⅲ．①儿童文学—民
间故事—作品集—约旦 Ⅳ．①I379.85

中国版本图书馆CIP数据核字(2015)第020325号

艾博的把戏

AIBO DE BAXI

著　　者　[约旦]佚名
编　　译　崔小兰
策　　划　祖航
责任编辑　李娇　祖航
设计制作　长春圣在动漫学校
开　　本　16
字　　数　10千字
印　　张　5
定　　价　25.00元
版　　次　2015年7月　第1版
印　　次　2015年7月　第2次印刷
印　　刷　北京市俊峰印刷厂
出　　版　吉林出版集团有限责任公司
发　　行　吉林出版集团有限责任公司
地　　址　长春市绿园区泰来街1825号
电　　话　总编办：0431-88029858
　　　　　发行部：0431-88029836
邮　　编　130011
书　　号　ISBN 978-7-5534-7156-3

前言

　　儿童文学起源于人类对儿童的爱与期待，是人类文明的结晶。它以爱的形式，滋养着人类不断繁衍和发展，以对真善美的颂扬担负培育良知的重任。它是爱的文学，帮助儿童认知爱，理解爱，拥有爱。它是真的文学，教育儿童崇尚和追求真理，并充分满足儿童的审美需求。它又是快乐的文学，培养儿童积极向上的人生观，并带给他们幸福快乐的童年生活。

　　经典儿童文学作品具有超越时代的个性魅力，它不只是一段非常有趣的故事，还对儿童的成长起着重要的引导和帮助作用。经典儿童文学作品之所以能够长久地流传，就是因为它倡导的是真理，而真理是永恒不变的。它为儿童走向成年构建了一条通畅的桥梁。

　　《万国儿童文学经典文库》选择各国经典文学名著，保留原著精髓，忠实原著风格，进行精心编译，文字简洁，绘工精良，文字与图画完美结合，具有超强的感染力。本文库选取了爱尔兰乔纳森·斯威夫特的《格列佛游记》、德国格林兄弟的《格林童话》等一大批世界儿童文学经典作品。

　　我们坚信，这些儿童文学经典作品的全新出版，一定会给儿童以无限的乐趣和全新的感受，让他们逐渐认识社会，认识人生，认识自然，不断提升他们的感知能力和对现实生活的领悟能力。

高明

2014年5月1日

突然，艾博发现火炉下面有一条血淋淋的马尾巴……

　　院长把一条粗铁链套在他的脖子上，把他拴在了铁窗下……

　　艾博靠在窗前，见马师伦跑进巷口，眼珠一转……

有一个叫艾博的年轻人，从小过着优越的生活。他的父亲因病去世，留下一笔钱。艾博是家里的独生子，自然而然继承了这笔钱。他把一半钱埋在地里，另一半用来生活。

艾博喜欢交朋友，但都是些纨绔子弟，整天吃喝玩乐。很快，艾博手里的钱就花光了。他去找那些酒肉朋友，诉说没钱的痛苦，结果大家都变得很冷漠，对他不闻不问。

艾博为此十分伤心。

　　通过这次教训，艾博重新振作精神，刨出地里的钱，过起了平静的生活。

　　他与那些朋友断绝了关系，发誓从此只与陌生人交往，而且只交往一天，第二天便各奔东西。

　　艾博总是坐在桥头，打量过往行人，如果碰

到陌生人，就热情地将他请到家中，设宴款待。
第二天清晨，再客气地将客人送走，从此不再往来。

　　一天，艾博又坐在桥头。恰巧，哈里发和大
臣马师伦微服私访，从桥上经过。

艾博热情地走上前去。

"两位可以去我家吃顿便饭，喝几杯吗？我家备有美食和陈年老酒。你们去我家做客，是我的荣幸。"艾博诚恳地发出邀请。

哈里发见他如此诚恳，便欣然接受了。两个人在艾博家里受到了热情款待。

　　"年轻人，告诉我你是谁，我会报答你
的。"哈里发问道。
　　"您想和我再次相聚，那可不是件容易的事
儿。"艾博笑着说。
　　"为什么？"哈里发不解地问道。
　　"这其中是有缘故的，我给你讲个故事
吧。"艾博回答说。

从前有个无赖，穷得一无所有。一天，他睡到日上三竿才起床，觉得饥肠辘辘，无精打采地走在街上，恰巧经过一家饭店，便走了进去。

　　"给我切点儿牛肉，再来点儿饭菜！"无赖高声喊道。

　　厨子备好饭菜，摆了满满一桌子。无赖放开肚皮，大吃起来。吃饱后无赖发愁了，自己身无分文，怎么脱身呢？他转着眼珠，东张西望。

　　突然，他在火炉下面发现了一条血淋淋的马尾巴。他明白了，原来厨子是将马肉当牛肉卖。

9

　　无赖微微一笑，点了点头，然后大大方方地往外走。

　　"站住，想吃白食吗，你个混蛋！"厨子大声喊道。

　　"我已经付过钱了。"无赖说。

　　"你没付过！"厨子叫嚷道。

　　两人扭作一团，人们一边拉架，一边劝解。

"这到底是怎么回事儿？"一个人问道。

"都是一条尾巴惹的祸。"无赖说。

听到"尾巴"二字，厨子马上变了脸色。

"哦，我想起来了，你的确付过钱，没错儿，我这就把剩下的钱找给你。"厨子堆起笑脸。

12

　　艾博讲完故事，看了看哈里发。

　　"我的情况，就像这个故事一样，是有原因的。"艾博对哈里发说。

　　"这个故事很有趣，也请把你的故事讲出来吧。"哈里发笑了笑说。

　　艾博将自己与朋友断绝来往，发誓从此只跟陌生人交往的经过告诉了哈里发。

　　"兄弟，我可是要跟你常来常往的啊！"哈里发大笑着说。

艾博和哈里发聊得非常投机，仆人又端上鹅肉。艾博热情地请哈里发品尝。

两人情投意合，对艾博的慷慨哈里发很感动，决定要酬谢他。

"你有什么愿望要实现，有什么难事儿要解决吗？"哈里发问道。

"难事儿倒是没有，但我要是掌握了大权，非发泄一下心中的怨恨不可。"艾博回答说。

"你有什么怨恨？"哈里发问道。

"我隔壁住着四个老头儿，每次我接待客人，他们就会给我出难题、找麻烦，还威胁我说，要到哈里发面前去控告我。我要是掌权，非当众打他们每人四百大板不可，这就是我心中唯一的愿望。"艾博说道。

哈里发为艾博斟了一杯酒，偷偷将麻醉药放入酒中。

"你喝了这杯酒，愿望就会实现啦。"哈里发把酒递给艾博。

艾博接过酒杯，一饮而尽，并很快像烂泥一样瘫倒在地。

哈里发吩咐马师伦背着艾博回王宫。

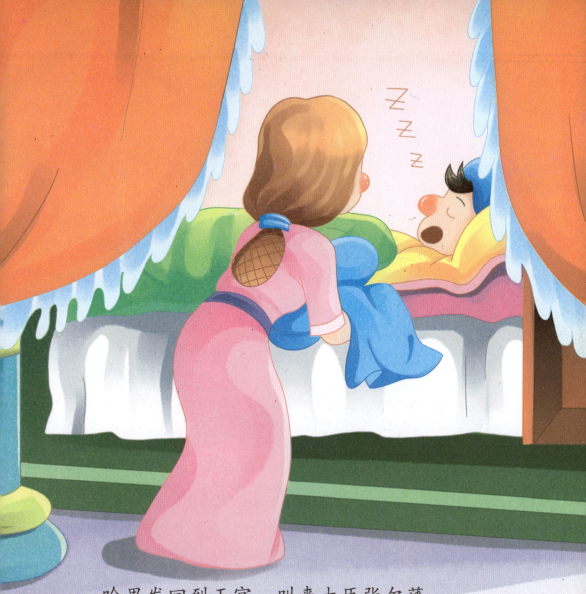

哈里发回到王宫，叫来大臣张尔藩。

"明天你看见他穿着我的衣服坐在宝座上，你必须恭恭敬敬，并让文武百官听从他的命令，他吩咐做什么，你们就做什么，不得违抗。"哈里发对张尔藩说。

哈里发又叫来宫女。

"这个年轻人明天醒来，你们要向他施礼，取我的官服给他穿上，还要称他为哈里发。"详细交代一番，哈里发才去休息。

　　艾博睡得很熟，一直睡到太阳老高才起床。

　　"哈里发，您起来啦。"宫女上前施礼。

　　看见金光闪闪的墙壁和天花板，门窗上挂着绣花丝帘，周围陈列着金银器皿，还有许多宫女候在左右，艾博感到十分诧异。

　　"我是在梦中吗？"艾博揉揉眼睛，自言自语道。

　　看到艾博的样子，哈里发躲在帘后忍不住发笑。

　　"告诉我，我是哈里发吗？"艾博将一个宫女
叫到跟前问道。

　　"我发誓，您就是哈里发。"宫女回答说。

　　"我确实是哈里发吗？"艾博又问一个老仆人。

　　"您确实是哈里发。"　老仆人回答说。

　　"你说，我真的是哈里发吗？"艾博又问一个
侍卫。

　　"您真的是哈里发。"侍卫大声回答说。
　　"昨天我还是艾博，怎么一夜之间就变成哈里发了？"艾博被搞得晕头转向。

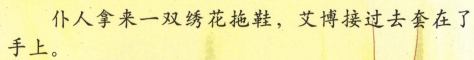

　　仆人拿来一双绣花拖鞋，艾博接过去套在了手上。

　　"这是拖鞋，是给您穿在脚上的。"仆人纠正道。

　　艾博有些不好意思，马上将它穿在脚上。哈里发躲在帘后，笑得几乎喘不过气来。

　　在仆人们的簇拥下，艾博来到宫殿，坐在宝座上。他抬眼望去，大殿里站满了文武百官。

　　"哈里发，有什么吩咐吗？"大臣张尔藩恭敬地问道。

　　"你马上去慰问一下艾博的母亲，赏她一百个金币，并代我向她致意。再把她家隔壁的四个老头儿抓起来，每人重打四百大板，游街示众，当众宣布他们搅扰邻居的罪名。"艾博吩咐道。

　　艾博坐在宝座上，像真正的哈里发一样，在文武百官面前发号施令，处理政务。

　　直到黄昏，艾博才让大臣们退去。

　　艾博来到后宫，看见华灯初上，管弦绕梁，觉得非常受用。

　　晚饭时，桌上摆满了美酒佳肴，艾博狼吞虎咽，把肚子撑得圆圆的。

　　这时，三个貌美的歌女飘然而至，伴随着动听的音乐，一展歌喉，悠扬婉转。

　　艾博陶醉在歌声里，感到心情愉悦，仿佛置身于天国。

　　哈里发看在眼里，躲在帘后捧腹大笑。

　　半夜，哈里发吩咐宫女在酒里放了麻醉药，艾博只喝了一口，便又昏倒了。

　　"送他回去吧。"哈里笑着从帘后走出来。

　　马师伦将他背回家中。

　　第二天，艾博从梦中醒来。

　　"来人啊！"艾博喊道。

　　"艾博，快起来吧，别做梦了。"母亲跑过来说道。

"你是谁？"艾博一骨碌爬起身。

"我是你母亲啊。"母亲回答说。

"你撒谎，疯婆子，我是哈里发。"艾博瞪着眼睛说道。

"快别嚷嚷了，要是被哈里发听到，咱们可就没命啦！"母亲吓得大叫起来。

"我梦见我住在王宫里，坐在哈里发的宝座上执掌大权。这都是我的亲身经历，不像是一场梦啊？"艾博拍着脑袋说道。

"别胡思乱想了，你所经历的都是恶魔在捣鬼。你最近是不是又招待客人了？"母亲问道。

　　"是有这么回事儿，前晚是有一个人和我饮酒聊天，我把自己的遭遇告诉了他。看来这个人就是魔鬼。母亲，你说得对，我是艾博呀。"艾博思索了一会儿说道。

"对了，咱家还有个喜事儿。昨天，大臣张尔藩来咱家慰问，赏了我一百个金币，还把隔壁的四个老头儿抓起来，每人打了四百大板，说是他们搅扰邻居，然后就把他们带走了。"母亲高兴地说。

"疯婆子，我就是哈里发！是我命令张尔藩来惩罚那几个老家伙的，也是我派他赏给你一百个金币的。"艾博狂叫起来，然后竟拿起一根树枝打他的母亲。

邻居们见了，赶紧捆住艾博，把他送进疯人院。

　　“我发誓，我没疯，我是哈里发。”艾博声嘶力竭地叫喊着。

　　院长把一条铁链套在他的脖子上，拴在铁窗下。艾博在疯人院里受尽了折磨。

　　一天，母亲来看望他。

　　“艾博，清醒过来吧，这是恶魔在折磨你！”母亲心疼地说。

　　“母亲，您说得对。现在我已经恢复了理智，求您给我证明，救我出去，再待在这儿我会没命的。”艾博恳求道。

　　母亲征得院长的同意，把艾博带回家中休养。

一个月后，艾博恢复了健康，又有了招待客人的兴致。他布置客厅，预备丰盛的饭菜，准备邀请客人到家里吃喝聊天。

　　他依旧坐在桥头，等待着陌生人经过，没想到又遇到了哈里发和大臣马师伦。

"这次不欢迎你了，你是魔鬼。那天招待你后，我就像着了魔一样，神魂颠倒，日夜不得安宁。"艾博生气地说。

　　"那天我离开时，忘了替你关门，也许是魔鬼趁机进了屋。"哈里发解释说。

"你敞着门就走，让魔鬼进来，到底安的什么心？"艾博把自己的遭遇从头到尾讲了一遍。

哈里发听了，暗自发笑。

"我再也不陪你吃喝了，一个人如果被同一块石头绊倒两次，那可真是活该倒霉。"艾博态度坚决。

哈里发不停地夸奖奉承他，艾博经不住好话，最终还是把哈里发请进门，开怀畅饮。

"说真的，至今我还想不通，我好像真的做过哈里发，执掌过权力。真的，不像是梦。"艾博感慨道。

　　"你不必怀疑，这就是一场梦。来，我敬你一杯。"哈里发又将麻醉药放进艾博的酒杯里。

　　"好，干杯。"艾博接过酒杯，一饮而尽，随即又睡了过去。

　　"真是豪爽，我要带他进宫陪我聊天。"哈里发吩咐马师伦将艾博背回王宫。

　　哈里发吩咐宫女为艾博演奏琵琶，自己则藏在帘后偷看。

　　清晨，艾博慢慢苏醒过来，悠扬的音乐声回荡在耳边，自己再次身处宫中，身边围着仆人。

　　"救命啊，魔鬼又来纠缠我了，我可不想再进疯人院啦！"艾博大呼小叫。

　　艾博蒙着被子，闭目回想这几天发生的种种怪事儿。

　　"我到底是谁，又是谁把我带到这里来的？"艾博百思不得其解。

艾博迷迷糊糊地走到一个仆人面前。

"你来咬一下我的耳朵。"艾博吩咐道。

仆人年轻不懂事,咬住他的耳朵就不松口。

藏在帘后的哈里发,哈哈大笑着来到艾博面前。

"艾博,你这个该死的家伙,想要笑死我吗?"哈里发捂着肚子仍大笑不止。

"原来是你在捣鬼,都快折磨死我了!"艾博苦着脸说。

哈里发讲了事情经过，把艾博留在宫中，还将王后最得意的侍女嫁给了他。

　　夫妻俩十分恩爱，生活过得很幸福。可是他们花钱总是大手大脚，不久便陷入了困境。

　　"我得想个办法。这样吧，我去骗哈里发，你去骗王后，一定要骗他们二百个金币和两匹绸缎，好不好？"艾博突发奇想。

　　"好，我同意。可是该怎么说呢？"妻子问道。

"咱们采用装死的办法。我先装死，你披散开头发，撕破衣服，哭着去找王后，说我死了。她听到噩耗，必然会可怜你，赏你一百个金币和一匹绸缎作为丧葬费用。

"等你把丧葬费拿回来，也躺下装死，我再扯破衣服，去宫中向哈里发报丧。听了你的死讯，他一定会可怜我，赏我一百个金币和一匹绸缎。这样，我们就得到了两百个金币和两匹绸缎。"艾博说出了自己的计策。

"这个办法妙极了！"妻子高兴地说。

艾博躺在地上，他的妻子披散开头发，扯破衣服，一路哭喊着来到内宫。

"怎么啦，出什么事儿了，为什么这么伤心？"王后十分诧异。

　　"我太不幸啦，艾博死了。"妻子哭诉道。

　　王后听后十分伤心，赏了妻子一百个金币和一匹绸缎。

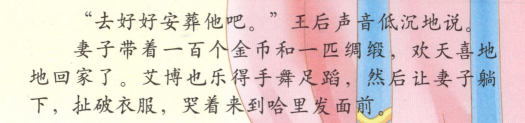

"去好好安葬他吧。"王后声音低沉地说。

妻子带着一百个金币和一匹绸缎，欢天喜地地回家了。艾博也乐得手舞足蹈，然后让妻子躺下，扯破衣服，哭着来到哈里发面前。

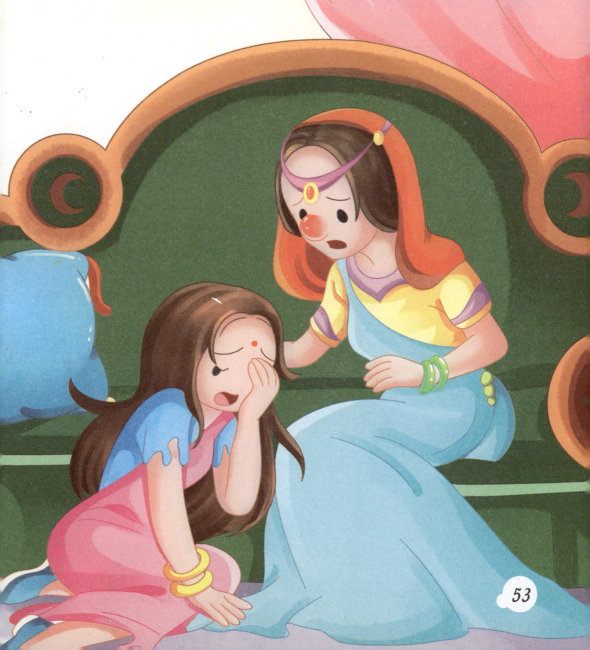

"艾博，发生了什么事儿？"哈里发急忙问道。

"告诉您一个不幸的消息，我妻子死了。"艾博哭喊着说。

"人死不能复生，节哀吧。这一百个金币和这匹绸缎你拿去，好好安葬她。"哈里发长叹一声。

艾博高高兴兴地回到家，看着二百个金币和两匹绸缎，夫妻俩高兴极了。

　　哈里发向后宫走去，打算安慰一下王后，因为诺子罕是她最喜欢的侍女。

　　"你的侍女诺子罕突然离去，你一定很难过，我特意来看看你。"哈里发不无惋惜地说。

　　"诺子罕倒是没事，不过艾博突然丧命，你一定很难过，要节哀啊。"王后安慰道。

　　"刚才艾博还来找我，说他妻子死了。"哈里发有些糊涂了。

"刚才诺子罕跑来说艾博死了，我还赏了她一百个金币和一匹绸缎。"王后也有些糊涂了。
　　"这怎么可能，死的是诺子罕。"哈里发一口咬定。

"不，死的是艾博。"王后十分肯定。

"咱俩打个赌，我赌诺子罕死了。"哈里发说。

"赌就赌，我赌艾博死了。"王后说。

"马师伦，你去艾博家看看，到底是谁死
了！"哈里吩咐道。

此时，艾博正靠在窗前望天，见马师伦走进巷口，吓坏了。

"一定是哈里发派马师伦来调查了，你快躺下装死。"艾博急忙对妻子说。

妻子马上躺下，用布盖在身上。艾博坐在一旁，号啕大哭。

马师伦走进屋，见诺子罕僵直地躺着，便向艾博致哀，然后回去复命。

"哈里发，艾博活得好好的，是他妻子死了。"马师伦气喘吁吁地说。

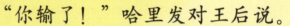

“你输了！”哈里发对王后说。

“我也要派人去看看。”王后不服气。

“你去诺子罕家，看看他们夫妻到底是谁死了。别耽搁，快去快回！”王后吩咐仆人道。

仆人刚进巷口，艾博就看见了，猜想一定是王后的仆人。

“王后打发人来调查了，赶快装哭！”艾博立刻躺在地上。

妻子用布盖在艾博身上，然后坐在地上哭。

仆人刚进屋，就看见诺子罕正在号啕大哭。

"艾博死了，扔下我一个人可怎么过呀！"诺子罕越哭越伤心。

"既然人已经死了，你也不要太过伤心了。"仆人安慰道。

仆人见艾博直挺挺地躺在地上，便认定是马师伦在有意搬弄是非。

　　"真让人气愤，马师伦竟然说是你死了，艾博活着！"仆人说。

　　"刚才我去给王后报丧，她还赏我一百个金币和一匹绸缎呢。我倒宁愿自己死掉，让他活着，那该多好啊！" 诺子罕哭得更伤心了。

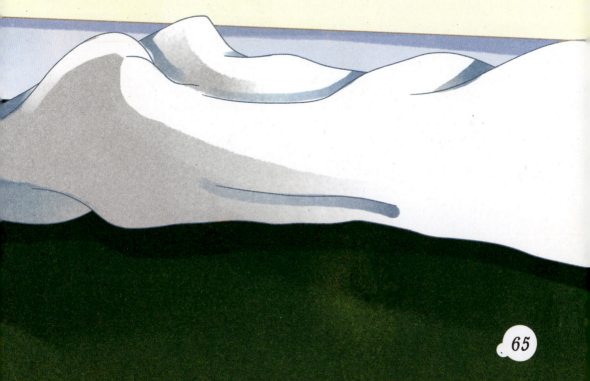

仆人安慰了几句，就回去复命了。

仆人的话还没说完，马师伦就火了。

"你在骗人，我亲眼看见艾博还活着，诺子罕躺在地上。"马师伦嚷道。

"你在撒谎，故意在哈里发和王后面前搬弄是非。"仆人针锋相对。

　　"我们还是一起去看看吧。"哈里发无奈地说。

　　于是，哈里发、王后、马师伦和仆人，一起往艾博家走去。

　　"仆人和马师伦报告的不一样，争执不下，便一起来察看了。"看见哈里发一行全部赶来，艾博急忙对妻子说道。

"这该怎么办啊？"妻子十分慌张。

"现在只好我们俩一起装死了。"艾博提议道。

夫妻俩用布盖在身上，躺在地上一动不动。

哈里发、王后、马师伦和仆人走进屋，见艾博和诺子罕并排躺在地上，都傻眼了。

　　"一定是艾博死了，她悲伤过度才死的。"
王后为侍女感到惋惜。

　　"胡扯，她是在艾博之前死的。艾博刚才去
给我报丧，我还安慰他，赏了他一百个金币和一
匹绸缎，让他好好安葬妻子。艾博肯定是悲伤过

度才死的。"哈里发纠正王后的说法。

两个人各说各的理，互不相让。

"要是有人能告诉我真相，我愿意赏他一千个金币。"哈里发一屁股坐在地上，叹着气说道。

听了哈里发的话，艾博一下子爬起身来。

　　"哈里发，是我先死的。请您遵守诺言，赏我一千个金币吧。"艾博笑着说。接着，诺子罕也爬起来，站在大家面前。

　　见到两人都活着，大家转忧为喜，这才知道两人装死是为了骗钱。

　　"你竟然动这个心眼儿！"哈里发哈哈大笑起来。

"您赏我的钱全都花光了，又不好意思再向您讨要，才想出这个办法。现在请您遵守诺言，赏我一千个金币吧。"艾博请求道。

　　回到王宫，哈里发果然赏了艾博一千个金币，王后也赏了诺子罕一千个金币。但批评了他们这种欺骗的行为，艾博夫妇也认识到了错误。

　　后来，艾博和诺子罕通过辛勤劳动，过上了富足的生活。

阿拉伯民间文学

　　阿拉伯民间文学在世界文学中占有独特的地位，曾对世界文化特别是欧洲文化产生过巨大影响。同朴素清新的欧洲民间童话相比，阿拉伯民间童话的风格迥异，它们通常语言浅显直白，但想象离奇夸张，情节特别富于传奇色彩，同时充满东方式的哲理和隐喻，具有强烈的阿拉伯风情和浓厚的异域色彩，散发出独特的东方魅力，是世界文化艺术宝库中一颗独放异彩的璀璨明珠。